Tian-Tian

我的名字叫甜甜

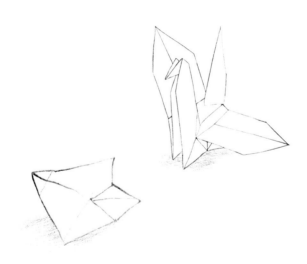

圖·文 朱勵雯

獻給　阿嬤及所有家人

嗨！我的名字叫甜甜
我的阿嬤總是這麼叫我的。

阿嬤曾經像睡美人一樣
沈睡了好長一段時間。

當她終於從夢中醒來時，
她只記得我的名字。

媽媽告訴我：
在阿嬤睡著的時間裡，
醫生幫她動了很多次
手術。

這一切聽起來好可怕…

我希望阿嬤再也不
需要動手術了。

阿嬤是我最喜歡的人！

她很少罵人，就算生起氣來
也不會像爸爸媽媽那樣恐怖。

她總是甜甜、甜甜的叫著我。

我很喜歡這個名字！
因為是阿嬤幫我取的。

自從阿嬤睡一醒來後，我開始很常聽到她
用很難過的聲音叫我的名字。

我想她一定是太想重站起來走路了。
我明白 ... 因為我也希望她能趕快好起來。

有時候，阿嬤會用像太陽一樣
溫暖的聲音叫著我。
我想，一定是因為陽光把她曬
得全身暖烘烘的關係！

不過也有一些例外 ...，

阿嬤曾經用非常生氣的聲音叫著我的名字，

不是因為我不乖，
而是那些繞在身上的奇怪管子
讓她很不舒服的關係。

有天晚上，我做了一個夢。
阿嬤也在那個夢裡面，笑得好燦爛！

隔天早上，爸爸媽媽一大早就把我
從床上挖起來了。

他們說：走！我們現在就去看阿嬤！

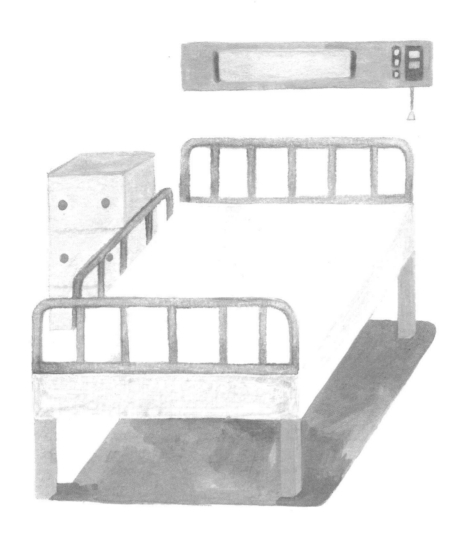

但是 ... 阿嬤在哪裡呢？

阿嬤又像睡美人一樣睡著了；

只是和小時候讀的故事不一樣的是，
這次，睡美人不會再醒過來了。

我不喜歡跟阿嬤說再見
的感覺。

因為說這句話會讓我很
難過而且很想哭。

我的外婆個子小小的，有著一雙笑起來瞇瞇的眼睛；和她在一起時常有好吃的，有很多話可以聊，還能有爽朗的笑聲作伴。

印象中她的身體很是硬朗，六十好幾的年紀仍能每天下田處理粗重的農務；臉不紅氣不喘的。

直到有天外婆突然的倒下，再次睜開眼睛時，疾病殘酷地拿走了她行走的自由，並所有語彙也隨空氣蒸發了般的離她而去徒留下一個聽起來好似"甜甜"的單字。

這個單字在外婆離世前的那段歲月裡，成了她訴說喜怒哀樂，疼惜或責備，還有表達關愛的唯一字詞。也成了我們最珍視的詞語之一。

這個單字雖平凡卻也極度特別，因為它與外婆的人生緊密的連結著，也緊緊的牽動著生命中最深刻的議題：
關於疾病、死亡和失去，我們總是心碎。
然而，人與人彼此間的愛與羈絆終究能勝過這一切。

朱勵雯 Li-Wen chu

作者介紹

朱勵雯,半個嘉義人半個花蓮人。

個性有點沈默又有點悶騷。

從小喜歡在山林與田野間奔跑,大自然成為了她作品的基調。

2011 年負笈倫敦藝術大學進修插畫。

2015 年畢業於英國劍橋藝術學院兒童繪本插畫碩士班。

喜歡繪本、花草樹木、旅行、聽別人的故事,也寫自己的故事,更喜歡
把他們都畫出來!

我的名字叫甜甜

作者・插畫／朱勵雯
責任編輯／許馨仁
美術編輯／朱勵雯
封面設計／朱勵雯

總 編 輯／賈俊國
副總編輯／蘇士尹
編　　輯／高懿萩
行銷企畫／張莉滎・廖可筠・蕭羽猜

發 行 人／何飛鵬
法律顧問／元禾法律事務所王子文律師
出　　版／飛柏創意股份有限公司
　　　　　10444 台北市中山區林森北路 112 號六樓
　　　　　電話：(02)2562-0026
　　　　　Email：service@flipermag.com
發　　行／布克文化出版事業部
　　　　　台北市中山區民生東路二段 141 號 8 樓
　　　　　電話：(02)2500-7008　傳真：(02)2502-7676
　　　　　Email：sbooker.service@cite.com.tw
台灣發行所／英屬蓋曼群島商家庭傳媒股份有限公司城邦分公司
　　　　　台北市中山區民生東路二段 141 號 2 樓
　　　　　書虫客服服務專線：(02)2500-7718；2500-7719
　　　　　24 小時傳真專線：(02)2500-1990；2500-1991
　　　　　劃撥帳號：19863813；戶名：書虫股份有限公司
　　　　　讀者服務信箱：service@readingclub.com.tw
香港發行所／城邦（香港）出版集團有限公司
　　　　　香港灣仔駱克道 193 號東超商業中心 1 樓
　　　　　電話：+852-2508-6231　　傳真：+852-2578-9337
　　　　　Email：hkcite@biznetvigator.com
馬新發行所／城邦（馬新）出版集團 Cité (M) Sdn. Bhd.
　　　　　41, Jalan Radin Anum, Bandar Baru Sri Petaling,
　　　　　57000 Kuala Lumpur, Malaysia
　　　　　電話：+603- 9057-8822　　傳真：+603- 9057-6622
　　　　　Email：cite@cite.com.my
印　　刷／韋懋實業有限公司
初　　版／2018 年（民 107）05 月
售　　價／360 元
ISBN ／ 978-957-9699-16-7

FLiPER　城邦讀書花園　布克文化
www.cite.com.tw　www.sbooker.com.tw

特別感謝

阿嬤　阿公　爸媽　庭和齊　小舅　家人們　FLiPER 團隊　Wen　Professor Martin Salisbury

Pam Smy　Alexis Deacon　Shu-Ti　Chen-Ying　Wen Dee　Tereza　Dong Yang　Maria

Claire　伶姐和凇哥　美蘭姐　書雄　阿寰　Kailin　貝貝　香　阿嬂　阿閔　June　Wan-Yu　盼盼

Waha　Joshin　CSA 碩班同學們　Rose　Phify　Hsin-Yu 姐　Fiona 姐　Wonderful 老師

葉老師　張老師　晴晴　所有一路上支持陪伴這本書從出生到長大的每個人　以及愛我的上帝